Analyse de l'œuvre

Par Pierre Baril

Parce que je t'aime

Guillaume Musso

lePetitLittéraire.fr

Analyse de l'œuvre

Par Pierre Baril

Parce que je t'aime

Guillaume Musso

lePetitLittéraire.fr

Rendez-vous sur lepetitlitteraire.fr et découvrez :

Plus de 1200 analyses
Claires et synthétiques
Téléchargeables en 30 secondes
À imprimer chez soi

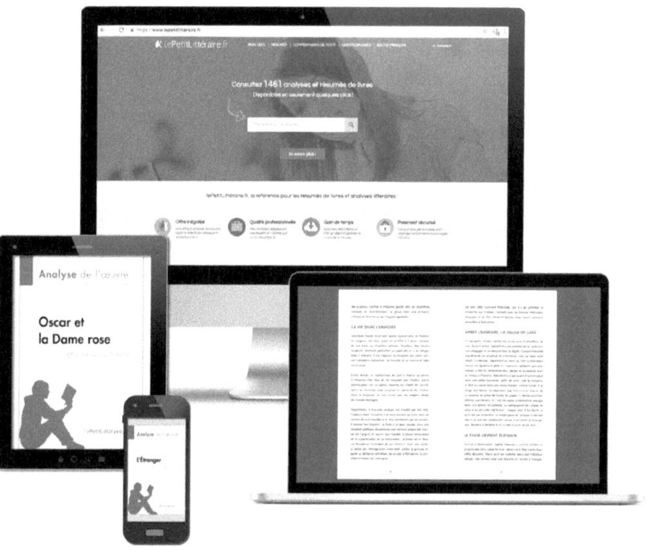

PARCE QUE JE T'AIME

PRENEZ L'AVION ET DITES ADIEU À VOS DÉMONS

- **Genre :** roman
- **Édition de référence :** *Parce que je t'aime*, Paris, Pocket, 2008, 314 p.
- **1re édition :** 2007
- **Thématiques :** l'amour, la culpabilité, la vengeance, le deuil, la psychologie, la neurologie, la thérapie, New York, la corruption.

Cinquième roman de Guillaume Musso, *Parce que je t'aime* met en scène quatre personnages prisonniers d'un passé douloureux. L'histoire se déroule principalement dans le New York enneigé de la période de Noël. Quatre histoires de vie, donc : un père bouleversé par la disparition de sa fille, une adolescente avide de vengeance, une star cocaïnomane sans cesse poursuivie par les paparazzis, et un psychologue célèbre encore hanté par une agression vieille de vingt ans. Puis, un beau jour, la jeune fille disparue réapparait miraculeusement. C'est l'occasion d'un voyage insolite pendant lequel nos personnages vont se croiser et revenir sur un passé souvent inavouable. Un voyage au terme duquel ils sortiront peut-être transformés.

Lors d'une interview télévisée, l'auteur a expliqué avoir renoncé, dans ce roman, au surnaturel, préférant « expliquer le mystère de façon rationnelle ». Une explication qui ne manquera pas de dérouter le lecteur.

GUILLAUME MUSSO

ÉCRIVAIN FRANÇAIS

- **Né en 1974 à Antibes**
- **Quelques-unes de ses œuvres :**
  - *Et après...* (2003), roman
  - *Sauve-moi* (2006), roman
  - *Seras-tu là ?* (2006), roman

Féru de lecture depuis son plus jeune âge, Guillaume Musso lit tous les livres qui lui tombent sous la main à la bibliothèque municipale où travaille sa mère. Sa passion pour les États-Unis, et pour New York en particulier où, à l'âge de 19 ans, il vend des glaces pendant quelques mois, se retrouve de façon récurrente dans ses livres. Après un CAPES de sciences économiques et sociales, il enseigne quelque temps dans le sud de la France, consacrant ses nuits à écrire et boire du café. Il ne connait pas le succès tout de suite. Son premier roman, *Skidamarink*, passe relativement inaperçu. En revanche, le deuxième, *Et après...*, que l'auteur a écrit après avoir été victime d'un accident de la route, lui assure une notoriété incontestable qui ne s'est pas démentie à ce jour. Guillaume Musso compte aujourd'hui des millions de lecteurs à travers le monde et ses livres sont traduits dans une quarantaine de langues. Ses histoires ont par ailleurs donné lieu à plusieurs adaptations cinématographiques. Il reste, de loin, l'écrivain le plus lu en France.

NUIT DE NOËL 2006

Pendant la nuit de Noël 2006, à New York, un SDF vole au secours d'une femme qui se fait agresser après avoir donné un récital de violon. Blessé par un coup de couteau, l'homme git à terre. La femme, Nicole Hathaway, ne tarde pas à reconnaitre son sauveur : il s'agit de Mark, son mari. Elle le ramène alors chez elle pour lui administrer les soins nécessaires. Le retour à son ancien domicile réveille en lui un souvenir très douloureux : la disparition, en 2002, de leur fille Layla alors qu'elle était sous la surveillance de sa nounou dans un centre commercial de Los Angeles. C'est cette disparition qui l'a plongé, lui, le célèbre psychologue, dans la misère.

Cette même nuit, Connor McCoy, psychologue lui aussi, ancien associé et ami de Mark, se fait voler son sac alors qu'il est arrêté à un feu rouge. Il poursuit alors le voleur, ou plutôt la voleuse, car il s'agit d'une adolescente de quinze ans du nom d'Evie Harper, et lui reprend son sac. Devant le dénuement de la jeune fille, Connor lui propose de le rejoindre dans un restaurant. Evie lui apprend alors qu'elle a besoin d'argent pour s'acheter une arme et assouvir ainsi un désir de vengeance. Avant qu'elle ne parte, Connor réussit à lui glisser sa carte de visite dans la poche.

De retour chez lui, il reçoit un coup de téléphone. Une femme s'accuse d'avoir tué quelqu'un. Il s'agit en fait d'Alyson Harrison, la fille du milliardaire Richard Harrison, connue pour ses frasques et ses séjours en cures de désintoxication. Connor la fait monter chez lui. Elle lui raconte qu'en 2002, elle a percuté un enfant avec sa voiture. Elle est convaincue qu'il s'agit d'un petit garçon, car elle a retrouvé, non loin du cadavre, une gourmette au nom de « Jérémy ». Connor se souvient alors que Layla Hathaway portait une gourmette que lui avait donnée un cousin qui s'appelait précisément Jérémy. Il n'en dit cependant rien à Alyson.

Vingt minutes plus tard, il est au commissariat où il récupère Evie qui a été arrêtée pour être entrée par effraction dans un immeuble afin d'y passer la nuit à l'abri du froid. Connor la conduit, malgré les réticences de la jeune fille, à la clinique Mozart où il travaille. L'attirance qu'ils éprouvent l'un pour l'autre est déjà perceptible ici.

Connor reçoit ensuite un coup de téléphone de Nicole qui lui demande de l'aider, car Mark est revenu et elle trouve son état inquiétant.

En réalité, Mark, Evie et Alyson se retrouvent tous les trois à la clinique. Connor veut les aider et pour y parvenir, il les soumet à une thérapie par l'hypnose. Sa particularité ? Un scénario à base d'images mentales plus vraies que nature, « une sorte de jeu de rôle thérapeutique » qui propulse les personnages dans un futur proche : au début du printemps.

UNE RÉALITÉ VIRTUELLE

Trois mois plus tard, donc, Mark Hathaway, revenu dans les basfonds de New York, reçoit un message sur un portable que lui a remis Nicole. Elle lui apprend que leur fille a été retrouvée vivante à l'endroit même où, cinq ans auparavant, jour pour jour, elle avait disparu. Mark se précipite à son ancien domicile où un agent du FBI, chargé de l'enquête, le met au courant de la situation et lui dit qu'il lui a réservé un billet pour Los Angeles.

Mark s'envole donc. À l'hôpital, il récupère une Layla mutique. Il retourne avec elle à l'aéroport où un reporter le harcèle de questions et laisse entendre que Nicole en sait plus qu'elle ne veut bien le dire. Dans le même temps, à quelques pas de là, une adolescente, qui n'est autre qu'Evie, finit un jus d'orange laissé dans la poubelle du Starbucks. Alyson, quant à elle, arrive aussi, poursuivie, comme d'habitude, par une horde de paparazzis.

Ils montent tous à bord de l'avion censé les ramener à New York. Mark et Layla se retrouvent assis juste à côté d'Evie Harper.

Pendant le vol, l'adolescente se confie à ses voisins et leur apprend – ainsi qu'au lecteur – qu'elle a perdu sa mère dans des conditions sinistres. En effet, Teresa Harper, atteinte d'un cancer du foie, avait été appelée par l'hô-pital pour recevoir une greffe. Mais au dernier moment, son médecin avait annulé l'opération, car, prétendait-il, sa patiente n'avait pas respecté le protocole prescrit. En réalité, il avait privilégié une patiente bien plus fortunée, moyennant un pot-de-vin substantiel. C'est donc de cet homme qu'Evie souhaite se venger.

Mark, quant à lui, rallume son portable et rappelle un nu-méro qui apparait plusieurs fois dans ses appels manqués.

C'est sa femme qui décroche. Elle n'est manifestement pas seule, car une autre voix se fait entendre, une voix qui lui est familière. Après avoir subtilisé l'ordinateur d'un passager, il fait des recherches sur Internet et découvre que le numéro en question appartient à Connor McCoy. Mais que faisait Nicole chez son ami ? En fouillant dans les mails de sa femme, il découvre une vidéo de Layla, datant du jour de sa disparition.

Sa fille, d'ailleurs, a retrouvé la parole. Elle lui laisse entendre qu'elle a vu régulièrement sa mère depuis 2002. Mark n'en revient pas. Au bar de l'avion, il fait la connaissance d'Alyson qui lui confie son secret. Mark ne sait pas que l'enfant qu'elle a percuté était en fait Layla.

Sa fille finit par lui dire qu'en réalité, elle est morte. Au même instant, Alyson accourt. Mark avait laissé son portefeuille au bar ; en fouillant dedans, elle a trouvé une photo de Layla qui ressemble étrangement au petit garçon qu'elle a renversé. À peine a-t-elle le temps d'annoncer sa découverte à Mark que sa fille a disparu ainsi que tout l'équipage et tous les passagers. L'avion est sur le point de s'écraser, quand...

RETOUR À LA RÉALITÉ

... changement de décor. Nos trois protagonistes sont dans un lit d'hôpital, à la clinique Mozart. Ils sortent lentement de leur léthargie. Connor et Nicole guettent leur réveil. Cette thérapie aura-t-elle porté ses fruits ?

Il semble que oui, si l'on en juge par « la vie d'après ». Mark devient psychologue pour les sans-abris et a deux fils avec Nicole ; Evie termine ses études de médecine ; Alyson verse dans l'humanitaire et refait sa vie en se faisant passer pour morte. Quant à Connor, qu'une agression vieille de vingt ans hantait encore, il se débarrasse de ses démons en se rendant sur les lieux de son traumatisme. Evie est là, qui l'attend.

ÉTUDE DES PERSONNAGES

MARK HATHAWAY

Mark nous est d'abord présenté sous les traits d'un SDF hirsute dont le visage est mangé par une grosse barbe. Sa première apparition dans le roman se fait à travers une bouche d'égout. C'est un homme courageux, car il n'hésite pas à voler au secours d'une femme qui se fait agresser – sans savoir alors qu'il s'agit en fait de Nicole, son épouse –, recevant, par la même occasion, un coup de couteau à l'épaule. Il est vrai aussi que, à ce stade, il n'a plus grand-chose à perdre. Que s'est-il passé ?

Cinq ans plus tôt, sa fille a disparu dans un centre commercial de Los Angeles. Depuis ce jour, ç'a été la dégringolade. Il ne se remet pas de ce qu'il croit être un enlèvement. Il pleure à chaudes larmes après avoir renversé la photo de Layla dans son ancienne maison. Quand Nicole insinue qu'elle est morte, Mark entre dans une grande colère. Lorsque, à l'aéroport de Los Angeles, un reporter tente de les prendre en photo, sa fille et lui, Mark lui saute à la gorge et piétine son téléphone portable. On sait, par ailleurs, qu'il est devenu alcoolique. Le sevrage forcé auquel la réapparition de Layla l'a contraint l'affecte physiquement : tremblements, hallucinations, etc.

Issu d'un milieu très modeste, il a grandi dans une banlieue pauvre de Chicago. Alors qu'il n'a que trois ans, sa mère les abandonne, lui et son père. Ses chances de faire de grandes études restaient très minces et sans la bonne fortune de son ami Connor, peut-être n'aurait-il jamais quitté son quartier. Il réussit donc à partir pour New York et à entrer dans l'université de ses rêves. Il devient un psychologue en vue avec femme et enfant, véritable incarnation du rêve américain.

À la fin du roman, après avoir subi la thérapie sous hypnose, Mark a fait son deuil. Il accepte enfin cette vérité à laquelle Layla avait déjà préparé le lecteur dans l'avion. Et peu à peu, la vie reprend le dessus. L'image de sa fille se fait de moins en moins obsédante et Mark est capable de se réjouir de la naissance de ses deux fils.

CONNOR MCCOY

Meilleur ami et associé de Mark, Connor a grandi comme lui dans un ghetto de Chicago. Orphelin, il est trimbalé de famille en famille. La première fois qu'il l'a vu, Mark lui a trouvé un air d'« Huckleberry Finn, version fin de siècle » (p. 162). Il avait les cheveux ébouriffés, était maigre et portait des vêtements sales et trop petits pour lui.

À l'âge de quinze ans, il subit une agression d'une violence indescriptible : il est aspergé d'essence par deux voyous alors qu'il s'est réfugié dans le local à poubelles de son immeuble pour faire ses devoirs. Il en gardera des brulures indélébiles qui le feront longtemps souffrir et qui l'empêcheront d'envisager des relations trop intimes avec les femmes. Une fois sorti de l'hôpital, il se venge de ses agresseurs en leur faisant subir le même sort, à ceci près qu'ils n'en réchapperont pas. Il s'empare au passage d'un petit pactole, manifestement récolté grâce à la drogue, qu'il partage avec son ami en vue de financer leurs études.

Passionné par les neurosciences, c'est un psychologue qui n'hésite pas à sortir des sentiers battus pour enrichir sa pratique. Véritable bourreau de travail, il est aussi très seul. En cette nuit de Noël 2006, par exemple, il est encore au bureau à une heure et demie du matin. Célibataire, il roule, tel James Bond, en Aston Martin. Il est également l'auteur d'un livre, *Survivre*, qu'Evie et Alyson liront avidement.

Lorsqu'il rencontre Evie, il trouve en elle une sorte d'alter ego. Leurs origines sociales sont à peu près les mêmes et le désir de vengeance qui ronge la jeune femme éveille en lui des résonances.

C'est lui qui pilote la thérapie sous hypnose afin d'aider Mark, Alyson et Evie à se débarrasser de leurs démons, en vertu de cette croyance qui est la sienne, à savoir que « rien n'est jamais joué » (p. 33).

Il peut aussi se montrer autoritaire : c'est le cas notamment lorsque, dans l'avion, Mark rappelle Nicole et que cette dernière est obligée de raccrocher sur les injonctions de Connor.

EVIE HARPER

Evie Harper a quinze ans. Mince et élancée, elle a une apparence fragile. Elle a le teint blême et de longs cheveux noirs et filasse, avec des mèches rouges. Elle vient d'une banlieue pauvre de Las Vegas. Elle et sa mère habitaient une caravane dans un *trailer park*. Mais Teresa Harper, atteinte d'un cancer du foie, ne pouvait plus travailler. Evie assurait donc leur subsistance en faisant des ménages dans un grand hôtel de la Ville du péché. Son plus grand souhait : que sa mère obtienne une greffe du foie. Elle a failli être exaucée, mais au moment où l'on s'apprêtait à opérer sa mère, le chirurgien, Craig Davis, a décidé de tout annuler, car, selon lui, des analyses révélaient que Teresa avait bu de l'alcool, en dépit d'une interdiction formelle. Deux mois plus tard, Teresa mourait.

Lors de l'enterrement, Evie a appris que l'annulation voulue par le chirurgien n'était qu'une machination destinée à privilégier une patiente plus fortunée, et lui permettant d'empocher au passage un joli pourboire.

C'est donc pour se venger qu'elle vient à New York, car elle a découvert que Craig Davis y résidait. Elle est bien décidée à s'acheter une arme, mais elle n'a plus d'argent. Alors, quand elle aperçoit le sac de Connor dans son opulente Aston Martin, elle n'hésite pas.

Si, au début, par ses insultes et une attitude de sauvageonne, elle incarne le stéréotype de la *white trash* (terme argotique désignant les Américains blancs et pauvres), dans l'avion, censé ramener les protagonistes à New York, elle se montre sous un autre jour : elle se comporte en mère avec Layla et fait preuve de compassion quand elle découvre que Mark est en manque d'alcool.

C'est Hathaway, d'ailleurs, qui lui suggèrera de renoncer à la vengeance au profit du pardon. Une idée qui fera son chemin puisqu'à la fin, lorsque Connor lui offre de tuer Craig Davis, elle s'empare du pistolet et le jette dans l'Hudson.

Ce geste marque un tournant dans sa vie. Tout comme Connor, elle va s'élever socialement en devenant médecin. Et puis, si elle n'éprouve plus le besoin de se venger, c'est peut-être aussi parce que, conformément au titre du roman, elle aime Connor, et en est aimée.

ALYSON HARRISON

Fille du milliardaire Richard Harrison, Alyson est mondialement connue. Sorte de personnage à la Paris Hilton, elle a les cheveux blond platine coupés courts et la silhouette frêle. Tous les objets qui l'entourent respirent l'opulence : 4X4 Porsche Cayenne, sac Hermès, petit poudrier en ivoire, etc. Elle prend régulièrement de la cocaïne, notamment pour affronter les hordes de paparazzis qui ne la quittent pas d'une semelle.

Les journaux à scandales relatent régulièrement ses frasques, ses séjours en cure de désintoxication et ses tentatives de suicide. Sous le strass et les paillettes, on devine cependant un grand malheur. En effet, Alyson, le 23 mars 2002, date de la disparition de Layla, roulait sans permis (arrêtée quelques semaines plus tôt pour conduite en état d'ivresse, elle s'était vue condamnée à une suspension de permis de trois mois). En voulant répondre à un appel sur son téléphone portable, elle a percuté et tué un enfant. Son père, mis au courant, s'est chargé d'enterrer le cadavre pour éviter que sa fille n'aille en prison.

Juste avant cette tragédie, Alyson nous a donné un aperçu de sa personnalité. Certes, elle avait beaucoup bu la veille. Mais quand elle dit à Graziella, sa gouvernante portoricaine qui lui a préparé des pancakes : « T'es folle ou quoi ! Je n'ai pas envie de finir aussi grosse que toi ! » (p. 242), on pense au qualificatif qu'elle emploie elle-même quand elle voit son propre reflet dans la vitre de sa voiture : « pétasse cocaïnée » (p. 72).

Ce verdict serait toutefois assez injuste, car pendant le trajet qui précède l'accident, Alyson est pleine de remords et se promet de se rattraper auprès de sa gouvernante.

D'ailleurs, il semble que sa thérapie sous hypnose ait mis en lumière le véritable objectif qui l'anime : celui de se racheter une conduite. Son investissement dans la cause écologique, de ce point de vue, apparait comme une ré-demption. Tout comme l'intention affichée par son père de verser les trois quarts de sa fortune à des associations caritatives.

CLÉS DE LECTURE

UN MÉLANGE DES GENRES

Dans une vidéo diffusée sur le site web des éditions XO, lors de la parution de *Parce que je t'aime*, Guillaume Musso explique clairement quelle était son ambition en écrivant ce roman. Il dit sa volonté de surprendre le lecteur par une « structure originale », et surtout « par un rebondissement final ». Pour ce faire, il a entrepris de respecter les codes du roman à suspense pour s'en écarter au fur et à mesure et amener le livre « vers autre chose ».

Il est vrai que l'histoire, au début, se lit comme un thriller. L'agression de Nicole, Layla disparue dans ce qu'on croit être un enlèvement, l'enchâssement des intrigues – Mark et Nicole d'abord, puis Connor et Evie – et un premier rebondissement : la réapparition de Layla, cinq ans jour pour jour après sa disparition. Mais dès que les personnages montent à bord de l'avion, il semble que le roman change de direction. Sur le plan narratif, d'abord, cette évolution s'observe à travers la présence de nombreux flashbacks, qui sont autant d'histoires à l'intérieur de l'histoire. Que ce soit l'enfance de Connor et de Mark, l'évocation de la vie d'Evie dans son *trailer park* de la banlieue de Las Vegas ou encore les pages consacrées à l'accident d'Alyson et à ses conséquences, toutes font l'objet de chapitres à part entière. Le maniement de cette technique narrative n'est pas sans danger : à vouloir trop souvent revenir en arrière, on risque de perdre son lecteur. Stephen King, dans son ouvrage sur l'écriture, juge les flashbacks ennuyeux et un peu ridicules, et se dit beaucoup plus intéressé, en tant que lecteur, par ce qui va arriver que par ce qui s'est déjà produit.

Certes, le suspense demeure, car Guillaume Musso distille au compte-goutte les éléments permettant de suivre le fil de l'histoire. Mais le rythme s'en trouve néanmoins ralenti. Quelques éléments surnaturels viennent çà et là pimenter le récit : c'est le cas notamment de ce symbole, la roue de la loi, qu'on retrouve tatoué sur Alyson et sur Evie et qui revient de façon récurrente dans les dessins de Layla. Comme on le découvre plus tard, il s'agit en fait du symbole de la clinique dans laquelle sont alités les trois protagonistes.

Ce va-et-vient entre passé et présent participe, par ailleurs, de la dimension surnaturelle du récit en brouillant les repères temporels, comme dans un rêve. Pourtant, comme il l'a dit sur un plateau télévisé, Guillaume Musso entend cette fois renoncer au surnaturel afin d'expliquer le mystère de façon rationnelle. Et c'est sur cette explication que repose le rebondissement final, à savoir la thérapie collective sous hypnose. C'est elle qui, comme le souhaitait l'auteur, vient éclairer ce qui était, jusqu'alors, resté énigmatique.

Ajoutons enfin que le titre lui-même installe un climat qui n'est ni celui du thriller ni celui du roman fantastique, mais plutôt celui de la romance.

Mais à vouloir faire original et mélanger les genres, Guillaume Musso réussit-il vraiment à convaincre ?

Certes, le lecteur est surpris par le dénouement, sinon déçu. Il n'éprouve pas la satisfaction qu'on éprouve, par exemple, à la lecture d'un roman d'Agatha Christie, une fois révélée l'identité du coupable. D'autant que le coup de théâtre que ménage Guillaume Musso ressemble fort à un procédé narratif à proscrire : celui qui consiste à tout expliquer par le rêve. Certes, il s'agit ici d'une thérapie par l'hypnose, non d'un rêve, mais au fond, cette résolution finale laisse aussi le lecteur sur sa faim. Elle tient trop du *deus ex machina*, ce procédé issu du théâtre qui vient parfois compenser une inspiration défaillante.

On peut dès lors se demander si l'intérêt de l'histoire n'est pas à chercher ailleurs. Pour ce faire, revenons à la vidéo évoquée plus haut, car elle est éclairante à plus d'un titre. Musso explique avoir pris « quatre personnages au bord du gouffre » qu'il a « confrontés à leurs plus grandes peurs ». Il s'est alors posé la question suivante : « est-ce que la souffrance va nous broyer ou va-t-elle nous rendre plus forts ? »

LE POIDS DU PASSÉ

Cette question est véritablement au cœur de *Parce que je t'aime*. D'ailleurs, elle est probablement centrale aussi dans *Survivre,* le livre de Connor McCoy, dont Alyson et Evie ne se séparent plus et qui intervient comme une sorte de fil rouge dans l'histoire. En effet, les quatre protagonistes, au début du roman, ont ceci de commun qu'ils sont incapables de tourner la page. Soit parce qu'ils pleurent la disparition d'un être cher, soit parce qu'ils ont quelque chose à se reprocher ou bien qu'ils brulent de se venger.

Commençons par le premier cas de figure : Mark ne se re-met pas de la disparition de Layla. Son chagrin, immense, transparait dans sa déchéance : on sait qu'il a quitté, du jour au lendemain, la vie cossue de psychologue réputé pour embrasser la misère des sans-abris. Sa souffrance est encore manifeste lorsque, ramené chez lui après avoir été blessé par l'agresseur de Nicole, il fait tomber une photo encadrée de Layla. « Alors quelque chose se brisa en lui et il s'écroula en sanglots, le dos face au mur » (p. 26). D'ailleurs, cette douleur fait écho à une blessure plus ancienne qui n'est guère développée, mais qu'on devine néanmoins dans la question que pose à son père le petit Mark Hathaway : « Pourquoi maman nous a quittés ? » (p. 160). Sa mère est partie lorsqu'il avait trois ans, un dé-part volontaire pour échapper à la vie de ghetto à Chicago.

Evie aussi a perdu sa mère. Les circonstances, en re-vanche, sont bien différentes. Teresa Harper est atteinte d'un cancer du foie. Seule une greffe pourrait la sauver. L'adolescente assure leur subsistance à toutes les deux en faisant le ménage dans un grand hôtel de Las Vegas. Dans son journal intime, elle a couché une liste de souhaits, en tête de laquelle on peut lire : « que ma mère reçoive un nouveau foie et qu'elle guérisse » (p. 108). Bien entendu, cette histoire est relatée à travers un flashback et à ce stade du récit, Teresa Harper n'est pas encore décédée. Mais sa fin semble imminente et c'est sans doute parce qu'Evie le sait bien qu'elle quitte sa mère sur ses mots : « JE TE DÉTESTE ! » (p. 141). Le médecin n'a-t-il pas affirmé que Teresa, malgré un protocole très strict, avait pris de l'alcool et compromis ainsi ses chances d'avoir une greffe ? C'est donc ici l'anticipation de la disparition de sa mère qui fait souffrir Evie, peut-être plus encore que ne le fera son décès. D'ailleurs, au moment de l'enterrement de Teresa, le chagrin a déjà fait place à un autre sentiment.

Evie, en effet, à l'instar d'autres protagonistes, a des choses à se reprocher. En l'occurrence ces trois mots mentionnés ci-dessus et que Teresa emportera dans sa tombe. Devant cette tombe justement, la jeune fille « ne peut s'empêcher de se laisser envahir par la culpabilité » (p. 144). C'est le cas aussi de Connor, dans une moindre mesure, après son expédition punitive chez les deux dealeurs qui l'avaient aspergé d'essence. Car à la souffrance physique que lui ont laissée ses brulures s'ajoute « celle de vivre dans la peau d'un assassin » (p. 215).

Mais le personnage le plus tourmenté, à cet égard, reste quand même Alyson. Le fantôme de l'enfant qu'elle a tué ne la laisse pas en paix. Ses frasques, ses cures de désintoxication et ses tentatives de suicide en témoignent assez. Par ailleurs, il lui faut vivre aussi avec le crime de son père qui, pour étouffer l'affaire, s'est chargé lui-même d'aller enterrer le petit cadavre dans le désert de Mojave. « Tu oses me demander ce qui ne va pas, après ce que tu as fait ? » (p. 117), lui dit-elle après avoir été emprisonnée à Dubaï pour possession de stupéfiants, puis graciée.

Notons enfin que certains personnages sont animés par un désir de vengeance. On se souvient de Connor qui, au sortir de l'hôpital, s'empresse d'aller châtier ses agresseurs. Le soulagement qu'il en espérait ne viendra pas, comme on l'a vu. Mais qui, mieux que lui, est à même de comprendre Evie quand elle lui confie son intention de tuer Craig Davis ?

À ce moment clé de l'histoire, d'ailleurs, Musso aurait pu décider d'exploiter la thématique de la vengeance et d'en faire un des ressorts de l'histoire, comme, par exemple, dans *Le Comte de Monte-Cristo* d'Alexandre Dumas ou dans le film *Sleepers* de Barry Levinson. Il ne va pas sur ce terrain. Quand, dans l'avion, Evie se confie à Mark, ce dernier lui affirme que son désir de vengeance n'est qu'un leurre, qu'en vérité, c'est elle-même qu'elle cherche à punir pour avoir refusé de croire sa mère.

LA SOUFFRANCE NOUS REND PLUS FORTS

Le fait est qu'Evie ne se venge pas. Quand Connor, à la fin, lui propose d'aller en personne tuer Craig Davis et qu'il sort de sa poche un pistolet, celui-là même qu'il a dérobé à ses agresseurs vingt ans plus tôt, l'adolescente lui prend l'arme des mains et la jette dans l'Hudson. Un geste lourd de sens, car s'il marque la fin des projets de vengeance d'Evie, il délivre aussi Connor de quelques-uns de ses démons. « Ils échangèrent un regard apaisé et Connor comprit qu'il l'avait sauvée. Et qu'elle l'avait sauvé à son tour » (p. 291). Or, après cet épisode, on fait un saut de dix ans dans le futur. On apprend qu'Evie vient d'obtenir son diplôme de médecine. Si elle ne s'est pas vengée, elle a en tout cas pris sa revanche sur la vie. L'adolescente *white trash* est donc sortie transformée de sa thérapie collective.

Cette ascension sociale semble révéler le sous-texte suivant : parce qu'Evie a pardonné à Craig Davis, il est juste qu'elle soit gratifiée d'un statut social élevé. Sa réussite semble donc justifiée par son élévation morale. On ne peut guère en dire autant de Connor dont les études ont été en partie financées par l'argent de la drogue dans les circonstances qu'on sait. Il est vrai que le calvaire qu'il a vécu adolescent l'absout, d'une certaine manière, et fait presque oublier son crime. Reste que, si lui aussi jouit d'un statut social privilégié, il continue d'être assailli par ses démons, comme ses cauchemars l'attestent. Il n'y a qu'en se rendant sur les lieux de son agression, à la toute fin du roman, qu'il peut enfin voir la peur « disparaitre » (p. 307).

Quant à Mark, son séjour dans l'avion lui aura permis de franchir, en accéléré, les cinq étapes qui, comme l'a montré la psychiatre Elisabeth Kubler Ross, caractérisent le travail de deuil. À savoir le déni, la colère, le marchandage, la dépression et l'acceptation.

Le marchandage est une phase de négociation – par exemple, « on peut chercher à marchander [...] avec le personnel médical pour prolonger la vie de la personne (si elle est en fin de vie) » – qui n'est guère exploitée dans le roman (Milazzo, « Faire son deuil est propre à chacun, voici les étapes à connaitre », [en ligne]). On ne s'y attardera donc pas. Quant aux autres phases, il semble qu'on puisse les retrouver, quoique dans un ordre un peu différent. L'étape de la dépression correspond, selon nous, à ces années que Mark a passées dans la rue. Est-ce à dire qu'il n'était déjà plus dans le déni à ce moment-là ? Il semblerait que non si l'on en juge par le vif échange qu'il a avec sa femme, la nuit de son agression. Car, quand Nicole se hasarde à lui ouvrir les yeux sur la vérité qui entoure la disparition de leur fille, Mark la saisit « à la gorge, comme s'il allait l'étrangler ». Puis il ajoute : « Il reste toujours une chance… » (pp. 28-29). Déni et colère, donc.

Reste l'acceptation. Autrement dit, Mark a-t-il fait son deuil à la fin du roman ? Tout le laisse à penser. Le souvenir de sa fille ne le met plus à la torture et ses « apparitions » se font plus rares. La vie, comme on dit, a repris le dessus, comme en témoigne la naissance de ses deux fils.

En ce qui concerne Alyson, on peut se risquer à parler de rédemption. La riche et sulfureuse héritière, en militant contre la déforestation amazonienne, s'est manifestement racheté une conduite. D'ailleurs, si elle se fait passer pour morte, n'est-ce pas pour en finir définitivement avec son passé et se donner la possibilité de renaitre ? Ce n'est sans doute pas un hasard si la lettre que Mark reçoit d'elle est envoyée de Lhassa. C'est peut-être l'indice qu'Alyson a changé et qu'elle poursuit une quête spirituelle.

QUELQUES QUESTIONS POUR APPROFONDIR SA RÉFLEXION...

- La vengeance est-elle un ressort narratif efficace ici ? Donner des exemples de livres ou de films où la vengeance est au cœur du récit.

- La thérapie collective comme explication rationnelle du mystère vous parait-elle crédible ici ? Pourquoi ? Comparez avec un autre roman qui se passe aussi dans un avion : *Les Langoliers* de Stephen King.

- Peut-on dire d'Alyson et d'Evie que ce sont des stéréotypes ? Pourquoi ?

- Le New York de *Parce que je t'aime* vous parait-il représenté tel qu'il est en réalité ou bien quelque peu stylisé ? Justifiez votre réponse en citant des exemples tirés de ce roman. Comparez-les avec la peinture que Guillaume Musso fait de cette ville dans *Et après...*

- En quoi l'écriture de Guillaume Musso est-elle influencée par le cinéma ?

- L'adaptation cinématographique *La Traversée* par Jérôme Cornuau est-elle fidèle au roman ?

- Dans le roman *L'Âme du mal* de Maxime Chattam, il est aussi question d'un enfant qui disparait dans un centre commercial. Comment cet auteur traite-t-il cette tragédie ?

- *Parce que je t'aime* relève-t-il du roman édifiant ? Autrement dit, est-ce que Guillaume Musso a voulu que son roman, en véhiculant des valeurs qui lui sont chères, ait une portée morale ?

POUR ALLER PLUS LOIN

ÉDITION DE RÉFÉRENCE

- Musso G., *Parce que je t'aime*, Paris, Pocket, 2008.

ÉTUDES DE RÉFÉRENCE

- King S., *On Writing: A Memoir of the Craft*, Hodder & Stoughton, 2001.

SOURCES COMPLÉMENTAIRES

- « Guillaume Musso *Parce que je t'aime* », vidéo de présentation de *Parce que je t'aime* par les Éditions XO. Consulté le 28/10/2021. URL : https://www.youtube.com/watch?v=lZ1oNFxkSYo.

- « Guillaume Musso pour son livre *Parce que je t'aime – On a tout essayé 24/05/2007* », émission *On a tout essayé* datant du 24/05/2007. Consulté le 28/10/2021. URL : https://www.youtube.com/watch?v=kLupImG _ jZA.

- Milazzo A., « Faire son deuil est propre à chacun, voici les étapes à connaitre », 15/06/2018, in *huffingtonpost.fr*, consulté le 22/10/2021. URL : https://www.huffingtonpost.fr/alexandra-milazzo/faire-son-deuil-est-propre-a-chacun-voici-les-etapes-a-connaitre _ a _ 23459176/.

ADAPTATIONS

- *La Traversée*, film de Jérôme Cornuau, avec Michaël Youn, Émilie Dequenne, Fanny Valette, Jules Werner et Pauline Haùgness, 2012.

Votre avis nous intéresse !
Laissez un commentaire sur le site de votre librairie en ligne
et partagez vos coups de cœur sur les réseaux sociaux !

lePetitLittéraire.fr

- un résumé complet de l'intrigue ;
- une étude des personnages principaux ;
- une analyse des thématiques principales ;
- une dizaine de pistes de réflexion.

**Retrouvez
notre offre complète sur
lePetitLittéraire.fr**

L'éditeur veille à la fiabilité des informations publiées,
lesquelles ne pourraient toutefois engager sa responsabilité.

www.lepetitlitteraire.fr

ISBN version numérique : 9782808023634
ISBN version papier : 9782808023641
Dépôt légal : D/2021/12603/21

Conception numérique : Primento,
le partenaire numérique des éditeurs.